句集　百題稽古

高山れおな

現代短歌社

目次

句集

百題稽古

家の風吹かぬものゆゑはづかしの森のことの葉ちらしはてつる

藤原顕輔朝臣

ほりかは

百題稽古Ⅰ

本章の百句は堀河百首題による題詠である。堀河百首は堀河天皇の長治二年（一一〇五）頃に成立した百首歌の集成で、藤原公実・源国信・源俊頼ら当代の有力歌人十六人が詠進した。堀河百首は組題百首の嚆矢として重んじられ、以後、中世を通じてのスタンダードとなる。歌自体も、歴代の勅撰和歌集に二百六十八首が採録された。

春二十首

立春

御代の春ぐるりの闇が歯を鳴らし

子日

千年の影引く影や姫小松

霞

武蔵野や霞む蕩児も茎石も

鶯

暁闇の鶯やまた発光す

若菜

散らばりて猫のごとくに若菜摘む

残雪

恋の汗光るごとくに残る雪

梅

梅の闇アメーバ状に我を愛す

柳

朝風に柳を春の文《かざり》かな

早蕨

さわらびや何を握りて永き日を

桜

身に夢と血と満ちて寄る夕桜

春雨

春雨や既視感《デジャ・ビュ》のほかに俳句なし

俳句なし……関悦史の句に、
〈独楽澄むや《現実界《レエル》》のほかに俳句なし〉。

春駒

明るさや見えぬ春駒またよぎる

帰雁

雁行くや猫は恋するしののめに

喚子鳥

呼子鳥歌ふも糞《ま》るも闇の中

苗代

茫とあり苗代寒の無何有郷《ユートピア》

菫菜

すみれ摘む静脈《あをすぢ》透けて雲の影

杜若

かきつばた下《お》り居《ゐ》の帝めしひたる

かきつばた……万葉集でも連歌俳諧でも夏だが、堀河百首や夫木和歌抄では春の題とされた。

藤

今なんで天使が通る藤の花

款冬

双蝶の激してしづか濃山吹

三月尽

亡命者《エミグレ》か春か八岐《やまた》に行くものは

夏十五首

更衣

花は葉に人は渚にころもがへ

卯花

卯の花が風に撒くもの銀の針

葵

ふと見ゆる盟神探湯《くがたち》の苦が立葵

郭公

光年の駅の別れやほととぎす

菖蒲

菖蒲湯の香に染みてこそ八字髭

早苗

玉苗のふるへたふとし水は空

照射

死へ急ぐ星は照射《ともし》か鹿の眼に

五月雨

黄金の正面あらむ荒梅雨に

盧橘

たちばな匂ふゆばりぞ熱き夢の蛇

螢

螢《ほうたる》来い見ぬ世の友の女童《めろ》が声

蚊遣火

鬐物《まげもの》の佳境の蚊火やみんな死ぬ

蓮

白靴と白蓮の有職故実《プロトコル》、跳べ

氷室

冷蔵庫漁れば顔に雲の冷え

泉

なまあしの像たゆたへる泉かな

荒和祓

夕祓へ蓮喰ひ人《ロトファゴイ》めく影となり

秋二十首

立秋

今朝の秋汚れちまつた物洗ふ

七夕

星合の恒星《たいやう》双つ畏るべし

萩

年表に蚯蚓は鳴かず萩の乱

女郎花

御乳付《おちつけ》のまぶた薄さよ女郎花

薄

夕すすき太郎と次郎来る如し

刈萱

刈萱よりドローン直上せり平和

蘭

点々と火器・茶器・性器・藤袴

荻

昼月に誰の魔法の荻のこゑ

雁

雁の眼に生き死に青きこと信ず

鹿

人間に見えて啼く鹿燃える鹿

露

露彦が幸彦を呼ぶ山彦よ

幸彦……摂津幸彦の忌日は一〇月一三日。

霧

霧吸うて吸うてだんだん秋の人

槿

どの子にも朝顔巻いて巻いて笑む

駒迎

霧ながら断き満つる駒迎へ

月

自然主義的月光仮面升《のぼ》さんは

擣衣

波となる声は砧や星月夜

虫

昼の虫だらだらまつり抜けてより

菊

太陽に菊に目をやり朱印待つ

紅葉

散り交じる桜紅葉とくちびるは

九月尽

幻日や何が終はりて九月尽

冬十五首

初冬

真木・真鳥・真神・真心、冬に入る

時雨

静聴せよ偽《にせ》の時雨を憂国忌

霜

君はまづ掃ふ鞍《サドル》の銀の霜

霞

鼠舞《ねずまひ》の女見えたり夕霞

雪

そにどりの青かきくらし六つの花

寒蘆

枯芦や誰《た》が航く雲を水鏡

千鳥

雪女哭くは千鳥と紛はずや

氷

凍り飛ぶ夢や飛行機雲の尖《さき》

水鳥

浮寝鳥水うねれども光れども

網代

網代守密かに赤犬《あか》も食ふといふ

神楽

息荒く尾籠尽くせり神遊び

鷹狩

神君の鷹野の記念写真無し

神君……東照神君の略。

炭竈

炭焼くや塩の柱の妻いづこ

炉火

埋火よ火星《マルス》の色の心臓よ

除夜

星澄むや声無く燃えて年一夜

恋十首

初恋

命とは白シャツに透く君なりき

不被知人恋

紅涙に変はる雫やつりしのぶ

不逢恋

つらき名を鸚鵡が叫ぶ青嵐

初逢恋

夢殿や開けても開けても鳥の恋

後朝恋

月へ帰る我ならなくに雲を踏む

会不逢恋

天文や思ひ思ひに野火の舌

旅恋

旅寒し額《カ》に滲める女宿《うるきぼし》

思

胸板の焦《ゲ》覆ふべし蔦かづら

片思

目交《まなかひ》に陽炎へる人いつよりぞ

恨

朝日影裏見の滝を徹《ホ》すなり

雑二十首

暁

狂ほしくいま有明の花や鳥

松

大手門くぐらん緑立つ空《ヌ》虚《ル》へ

竹

墨竹図写し崩れの秋深し

苔

苔の花千手千眼とはしづか

鶴

鶴と猿老いを競へり沈黙《もだ》の春

山

赤城に月の高踏派《パルナシアン》はむささびか

川

地球より溢れ荒川雪の夜を

野

万灯会・演歌・カッポレ・蓮台野

関

来るな来るなの勿来の関も霾れる

勿来の関……陸奥国の歌枕。

橋

みな渡る世を宇治橋の秋暑し

海路

戦艦重信蜃楼《かひやぐら》から撃つてくる

旅

雪加鳴く秘密の旅の豆御飯

別

夢かさは瞬いて行く秋の顔

山家

新綿に心は無くて溢れけり

田家

稲の花ある日葬式《じゃんぼん》凄きまで

懐旧

ふらここのあのこ消えにし桜かな

夢

夢死干しの百巻句集飛ぶ笑ふ

百巻句集……藤原龍一郎『魔都　魔界創世紀篇』の後記に、百巻からなる大河大ロマン句集の予告あり。

無常

貯蓄セヨダイワウイカノボリガ来ルゾ

述懐

季語と綺語辞林に満てり七竈

祝詞

太陽冠《コロナ》明るく未来明るく冷し中華

永久

百題稽古Ⅱ

本章の百句は永久百首題による題詠である。永久百首は鳥羽天皇の永久四年（一一一六）に成立した百首歌の集成。堀河天皇と同天皇の中宮篤子内親王を追善するため、源顕仲、藤原仲実ら七人の歌人が詠進した。秀歌には乏しいとされるものの、堀河百首と題が重ならないよう構成が工夫され、同百首と一具のものとして尊重された。

春十八首

元日

昭和百年源氏千年初鏡

余寒

ただ嗚呼とのみの鎮魂冴え返る

春日

好きなもののうららなる日と達磨歌

春曙

曙《いなのめ》や否みてさめし春の夢

遊糸

かがよひて遊べる糸か我もまた

賭弓

賭弓《のりゆみ》や刺さりて止むは言の葉も

春日祭

神の山笑ひ山々笑ひけり

石清水臨時祭

さして行く南まつりや縄電車

石清水臨時祭……今に続く石清水祭（＝秋の放生会）とは別の春の祭で、明治初年に廃絶した。ちなみに、北祭（＝賀茂祭）に対する南祭の異称は両者に共通。

志賀山越

恋の山分け入る果ては霞む海

稲荷詣

ゆさはりの神へ千本鳥居かな

ゆさはり……ブランコの古い和名。

未発花

花芽《くわが》の枝混み合ひて誰《た》が王冠ぞ

紅梅

緋を噴いて征く飛梅が悲しすぎる

桃

狂女王《ラ・ロカ》の如くピアノ鳴り出づ桃の宿

落花

花筏ももとせ揺れて戦前へ

躑躅

短歌《うた》は愚痴俳句は馬鹿や躑躅燃ゆ

雉

雉《きぎす》いま電流に酔ふギターかな

残鶯

夏近き迷路で鶯もゐるよ

残鶯………老鶯ともども俳諧では夏の題とされるが、元来は詩語で、暮春の景物。

蛙

青春の艶あきらかに蛙の合唱《うた》

76

夏十二首

賀茂祭

神の精液《スペルマ》朝け茂りを濡らしたり

夏衣

眼にしみて白服のむれ野を渡る

夏草

草いきれいよよ魅死魔の胸毛なら

瞿麦

憶えておかう撫子に蛇の衣

扇

白扇や開けば溢れ閉づれば夢

樹陰

一人づつ腋の下闇伝ひ行け

避暑

破顔して太陽追ひ来《く》避暑の宿

夏虫

遥かより遥かより火蛾湧き次げる

鵜川

水火厭はぬが夜露死苦鵜の哮り

夏猟

鹿首《トロフィー》の瞠れる徽の館かな

蟬

蟬鳴くや敵ある如く焼く如し

畵

夢の扉《と》を叩くくひなや神變忌

神變忌………塚本邦雄の忌日。六月九日。

秋十八首

残暑

紫陽花の残党かすむ残暑かな

晩立

老左翼《オールド・レフト》的夕立や襯衣《シャツ》張り付く

秋風

メトロ出る熱狂的な秋風と

七夕後朝

川霧が霽れて小さな死を拾ふ

八月十五夜

女中喫茶《メイド・カフェ》「月の都」に立ち眩む

九月九日

紙焦がす遊び重陽の気を集め

秋夜

名無しさん《ジョン・ドウ》に恍惚の夜の長かれよ

暁月

有明の一つ目著《しろ》しみそかごと

嵐

墨流す野分の袖や空模様

稲妻

稲妻や花の都の狂ひ咲き

穭田

穭田に朝日子や影踊らする

草香

明治俳句の匂ひなるべし草の香《かう》

蔦

立死《たちじに》のむかしをとこや蔦紅葉

独り聴けははそもみぢの風鳴りは　　柞

腐れ句碑大大とあり秋の山　　秋山

松虫

此《こ》道《みち》や憑かれ易くてちんちろりん

鈴虫

鈴虫や光芒すうと人工衛星《サテライト》

萑

鈴懸の陽はちりぢりにきりぎりす

冬十二首

霙

滅裂のみぞれの窓ぞ磔刑図

初雪

初雪や皇帝ダリアありし座に

野行幸

御輿ゆく四方しらゆきの紫野

落葉

王の眠り落葉の底を漂へる

五節

五節舞ふあはれ刃の如く冴え

椎柴

椎柴や揺れて薄暮を来る歩荷

薪

山脈《やまなみ》や榾火数無く秘めて眠る

衾

薔薇色の布団ぬくぬく近松忌

鴛鴦

鴛鴦啼くや顔から顔が出て止まず

貢調

星凍つる京へ京へと御調物《みつぎもの》

仏名

酔ふに似て仏の御名を二十日月

旧年立春

たけなはの独り俳諧冬の春

恋十首

忍恋

我が孤火も霜夜は遊べ狐火と

孤火……万葉集に恋を孤悲と記すこと二十九例に及べり。孤火は見えず。

隔一夜恋

虹の橋逢はぬひと夜は滴りて

経月恋

君《ミ》無月魂《マ》無月この神無月

経年恋

葉牡丹や幾重幾とせ君を見ず

隔遠路恋

宇宙戦艦陽炎に顕ち窓に顕つ

不見書恋

猫の恋言葉尽きたる夜ぞ深き

且見恋

見て朧触れて朧の人を嗅ぐ

寝覚恋

梅雨寒し恋が寝覚を刺しに来る

待人恋

春を待つ君を待つ幻を待つ

別恋

息白き別れは星の匂ひかな

雑三十首

雲

貌いくつありて聳ゆる雲の峰

星

戦争の星空蠅の眼の中に

出湯

湯の澄みに寂光残り草城消ゆ

石

三伏やまぶたも上げず石の神

水海

時の日の湖光りつつ眠る

原

あきつ羽や生きとし生の松原に

生の松原………筑前国の歌枕。

滝

聞けば狂ふ鏡の国の滝音は

池

古池のひとみきらめく万愚節

故郷

ふるさとや銀器に映る夏至の海

寺

溶けて無き氷の僧や仏生会

社

寒猿や腹の底から神のこゑ

寒猿……………山本健吉編『最新俳句歳時記』が特記して立項。また、周知の通り、日吉社や浅間社の神使は猿である。

榊

色変へぬ榊色なき風の神へ

桂

きつね雨月の桂の雫とも

小篠

笹に風蚯蚓よく鳴くといふ処

萍

薔薇を撃ち萍を撃ち昼深し

元服

豹変の成人祭の豎子《じゆし》らはや

賀

千代の春知る石筍《せきじゆん》が不気味なり

七夜

七《ナ》夜から始まる君が世ぞ暑き

仙宮

とりけもの騎《の》り回しみな蟬衣

唐人

狄《ディー》判事白夜追へるは怪か恋か

ディー判事……ファン・ヒューリックのミステリーシリーズの主人公。唐代の実在の名臣・狄仁傑がモデル。

王昭君

黄瀬戸銘王昭君を風炉名残

妓女

万物の中の少女が米こぼす

老人

淫らなる桜愛《ナ》しみ尚歯会《しやうしくわい》

泉郎

海女の笛感幻楽にありやなし

船

歯を見せて陸沈の船枯れ乾ぶ

隣

こどもの日我にもむかし隣の子

笛

篠笛や枯野に躍る指のさき

箏

空蟬の琴弾く形《なり》のめでたさよ

蜘蛛

或る劇は立入禁止《オフ・リミッツ》の蜘蛛の囲に

猿

猿酒に誰《た》が酔ひ痴れて冴かな

六百番

百題稽古Ⅲ

本章の百句は六百番歌合の題による題詠である。同歌合は建久四年（一一九三）、藤原良経が主催。良経の他、藤原定家、慈円ら十二人の歌人による百首歌計千二百首を六百番に組み、藤原俊成が判者を務めた。題はおそらく良経が周囲の協力を得て定めた。論作相俟って歌合の白眉とされる。やはり堀河百首と題が重ならない構成。

春十五首

元日宴

袖垣や雲居眩しき氷《ひ》のためし

余寒

余寒なほ顔に張り付く鳶の笛

春氷

流氷やみな猫の眼を開きつつ

若草

若草にこもらぬ妻ぞ擤《はなか》める

賭射

春永に飛ぶ矢ばかりが歌ふなり

賭射……永久百首の賭弓に同じ。

野遊

野遊びの心来にけりかく遠く

雉

雉子ほろろ戦ぐは幻肢父たちの

雲雀

挽歌降るべし雲雀ほど高きより

遊糸

糸遊やいま百合の木に咲く遊び

春曙

春暁や何に鳴らして散蓮華

遅日

遅き日を受けて千手の植木算

志賀山越

ゆらゆらと志賀の山越え花吹雪

三月三日

流觴を取るや碧の波間より

蛙

恋の腸《わた》沸けるが勝ちぞ夕蛙

残春

惜春の自動人形《オートマタ》そこで振り返る

夏十首

新樹

新緑やさもあらばあれ京の酒

夏草

夏草や五芒星なぜ蹤いて来る

賀茂祭

まつりごとうつらうつらと御生日《みあれのひ》

鵜河

鵜飼火に顔染め栄花物語

夏夜

地獄の機械《インファナル・マシン》ぶるぶる熱帯夜

夏衣

夏シャツに胸筋あらはなり閣下

扇

河童忌の銀扇なれば酔はず消えず

夕顔

夕顔や髭のモナ・リザひそむ家

晩立

炎帝の五体の鈴や大夕立

蟬

蟬として孵る男の背ナならん

秋十五首

残暑

日傘幾つ何の反歌の残暑行く

乞巧奠

雅歌に栞《しを》る星に願ひの糸ならば

稲妻

稲妻に映えてよみ人知らずの眼

鶉

愛されて鶉香炉の秋のこゑ

野分

いづかたの神戯れし野分あと

秋雨

秋雨や切り刻まれて降れば白し

秋夕

個々の影曳きつつ此処へ秋夕焼

秋田

秋も脱ぐ山田耕司のパンツかな

鴨

水面いま瑪瑙びかりに鴨歩む

広沢池眺望

広沢や荻を鳴らして月昇る

蔦

鏡花幻稿総紅《ル》玉《ビ》や蔦嵐

柞

京終《きやうばて》の西日へいそぐ柞原

九月九日

金婚の舌痺れよと菊膾

秋霜

八千草の霜に迷ひて靴濡らす

暮秋

火男《ひよつとこ》の独り言《ご》ち過ぎ秋暮るる

冬十首

落葉

木の葉みな見えて降るなり一葉忌

残菊

寒菊の黄を着つつ慣れ天子様

枯野

枯野とも恥毛《ヘア》ともつかず夢に駆く

霙

照らされて霙が包む灯の電車

野行幸

かへりみはせじ箸鷹の組んで落つ

冬朝

朝寝にも冬の朝寝ぞ魂《たま》極《きは》る

寒松

雪斜め松の斜めと関はらず

椎柴

冬の虹消えて椎柴峰に顕つ

衾

人多く布団に死せり弥勒世《ミルクユー》

仏名

三千の仏名宙《ラ》に満てば朝

恋五十首

初恋

はじまりの火の手に乗るよ青酸漿《かがち》

忍恋

日か月か静物《ナチュル・モルト》にさす光

聞恋

笹鳴も囁きも要らず眠らねば

見恋

底無しに姿の池や氷面鏡

姿の池……大和国の歌枕。

尋恋

汗臭く尋ね廻《ハ》れば薔薇の門

祈恋

春光や祈り果てては棒立ちに

契恋

もろ恋に雛かがやける引千切

引千切……ひきちぎり。三月の節句に供する京菓子。

待恋

灼けて待つ鉄路の網を鳴らし来《こ》よ

遇恋

擦《す》り合へる新《にひ》手枕は裸足かな

別恋

君の眼が向かうに消えて冬の金魚

顕恋

新日記白ければ恋顕はる

稀恋

蚊柱や震へ立てればいつか逢ふ

絶恋

鮪《しび》乗せて秤の針の目まぐるし

怨恋

セーターの焦穴は魂《マ》抜けし痕

旧恋

寒卵割ればば流るるものの秘めて

暁恋

あかつきの恋も涙も春の水

朝恋

朝戸出に昨夜《よべ》の灯虫や雪のごと

昼恋

炎昼の鳴き砂踏んであてどなし

夕恋

秋の暮潮みつるごと人恋ふ灯

夜恋

冷酒《ュ》澄み二人の夜の川早し

老恋

老いの胸とどろき覚めぬ籠枕

幼恋

幼恋ぽこんぽこんと日に匂ふ

遠恋

おもかげや奥も奥なる雲の峰

近恋

茉莉花を嗅いで死ぬまで人の妻

旅恋

初旅や胸に火あれば息白し

寄月恋

月の面《も》の貝殻骨に手触れたし

寄雲恋

浮雲も姥等も恋も師走かな

姥等……うばら。女性の節季候。

寄風恋

君を巻く色なき風として忍ぶ

寄雨恋

やはらかき身は降るのみぞ虎が雨

寄煙恋

遠火事や誰《た》が愛告げて黒けむり

寄山恋

初富士や玉なすものは氷る恋

寄海恋

姿煮や夏潮深く恋せしが

寄河恋

涙河ひかりやすきは夏めける

寄関恋

関悦に餅肌わらふ雑煮かな

関悦……セキエツ。関悦史の略称。

寄橋恋

ここ恋の緒絶えの橋か飛ぶ螢

緒絶えの橋……陸奥国の歌枕。

寄草恋

草の息何も残さず恋ひ焦がれ

寄木恋

霧込めに天さしながら雨の松

寄鳥恋

川波や夢みよと恋教へ鳥

恋教へ鳥……セキレイの異称。

寄獣恋

恋風に染みて汝《な》か我《あ》か虎は鹿は

寄虫恋

飛び縋る思ひはたはた金色《キ》に

寄笛恋

笛竹に歌口暗しありぢごく

寄琴恋

過去《すぎこし》へ琴冴え冴えと行く舟か

寄絵恋

金地戦闘美少女図襖とはこれか

寄衣恋

立ち眠る春夜の夢へ襟締《タイ》を垂らし

寄席恋

花蓆《ロ》血の色踏んで君が来る

寄遊女恋

露深う泡姫待つや文化の日

寄傀儡恋

頬寄せて恋のくぐつや初鏡

寄海人恋

海女潜《かづ》く昼さへ暗し海は恋

寄樵夫恋

年木樵る嘆き呻きはさりながら

寄商人恋

我が思ふ似顔は売らず羽子板市

百題稽古　畢

あとがき

本書は著者の第五句集である。制作の背景や作句をめぐる昨今の心情については、友人たちの雑誌に発表した戯文に適当な説明があるので栞に再録した。初出の情報もそちらにある。やはり栞の話になるが、今回、第一句集以来ひさびさに栞文を頂戴し、拙著の栄えとした。筆者のお二人に心より感謝申し上げる。

門松や俳諧の蛇《ャ》の道しるべ

二〇二五年、乙巳の歳の春

著者しるす

著者略歴

高山れおな　たかやま・れおな

一九六八年七月七日、茨城県日立市生まれ。「豈」「翻車魚」同人、朝日俳壇選者。

句集

『ウルトラ』一九九八年　沖積舎　＊第四回スウェーデン賞

『荒東雑詩』二〇〇五年　沖積舎　＊第十一回加美俳句大賞

『俳諧曾我』二〇一二年　書肆絵と本

『冬の旅、夏の夢』二〇一八年　朔出版

評論・鑑賞

『切字と切れ』二〇一九年　邑書林

『尾崎紅葉の百句』二〇二三年　ふらんす堂

「澤好摩の百句」二〇二三年／「翻車魚」Vol.7

「高橋龍の百句」二〇二四年／「翻車魚」Vol.8

アンソロジー

『セレクション俳人　プラス　新撰21』二〇〇九年　邑書林

『セレクション俳人　プラス　超新撰21』二〇一〇年　邑書林

＊共に筑紫磐井・対馬康子との共編

句集
百題稽古

発行
2025年4月24日

著者
高山れおな

発行人
真野　少

発行所
現代短歌社

〒604-8212
京都府京都市
中京区六角町357-4
三本木書院内
電話 075-256-8872

装画
唐仁原希
願いごとを言ってごらん
（レオナルド・ダ・ヴィンチ《アンギアーリの戦い》に基づく）
162.0 × 194.0cm ｜ 油彩、キャンバス ｜ 2023年

装幀
かじたにデザイン

印刷
亜細亜印刷

定価
3000円＋税

ISBN978-4-86534-489-9 ¥3000E